Gracias a Jean L.,
un autor muy educado.

Para Noé, Basile, Anaé y Élio,
unos niños más o menos bien educados.

Matthieu

Título original: *Un jeune loup bien éduqué*

© 2013 Jean Leroy (texto)
© 2013 Matthieu Maudet (ilustraciones)
© 2013 l'ecole des loisirs, París

Esta edición se ha publicado según acuerdo con Isabelle Torrubia Agencia Literaria

Traducción: Luis Bernardo Pérez

D.R. © Editorial Océano, S.L.
Milanesat 21-23, Edificio Océano
08017 Barcelona, España
www.oceano.com

D.R. © Editorial Océano de México, S.A. de C.V.
Eugenio Sue 55, Polanco Chapultepec
Miguel Hidalgo, 11560, Ciudad de México
www.oceano.mx
www.oceanotravesia.mx

Primera edición: 2017

ISBN: 978-607-527-079-1
Depósito legal: B-21747-2016

IMPRESO EN ESPAÑA / *PRINTED IN SPAIN*
9004239011116

Un lobito muy educado

Una historia de Jean Leroy
Ilustrada por Matthieu Maudet

~GRRRR

OCEANO travesía

Un día, un lobito que tenía muy buenos modales

fue a cazar al bosque por primera vez.

Muy pronto logró atrapar…

¡a un conejo!

El lobito, por supuesto, no llevaba ningún libro consigo.
Pero sus padres le habían enseñado que:
"la última voluntad debe respetarse siempre".

Bueno. Entonces debo regresar a mi casa por un cuento.

No moveré ni la nariz, ¡lo prometo!

Cuando el lobito regresó con su libro de cuentos
favorito bajo el brazo, el conejo había desaparecido.

Enojado, el cazador se puso a buscar
otra presa para comérsela.

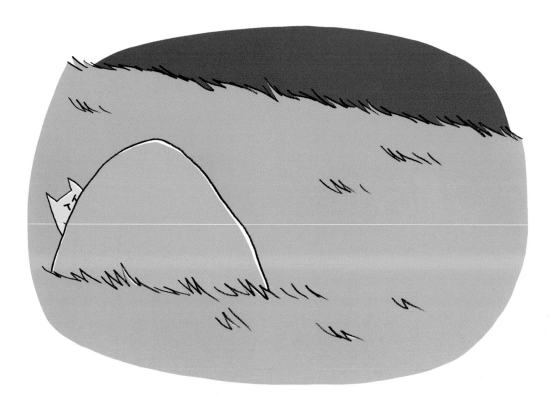

El lobito capturó…

¡a un pollo!

Bueno voy a buscar mi instrumento...
No moveré ni una pluma, ¡lo juro!

Pero el pollo no cumplió su promesa.

Y se lanzó sobre…

¡un niño!

Cuando pensó que tendría que regresar a su casa
por tercera vez, el lobito casi estalla de rabia.

Pero el niño no había pedido la libertad.
Además, había dicho "por favor".
El cazador entonces lanzó un gran suspiro
y se dirigió a su casa.

¡No moveré ni un pelo!

¡Es magnífico! ¡Muchas gracias!

Y ahora...

¿Ya me vas a comer? ¡Qué lástima! Me gustaría mucho mostrarles tu dibujo a mis amigos...

Bueno, de acuerdo. Pero rápido, ¡tengo hambre!